KB216364

앗, 앗, 앗

푸른사상 동시선 8

앗, 앗, 앗

1판 1쇄 2013년 7월 5일 | 1판 2쇄 2016년 11월 15일

지은이 · 김춘남
펴낸이 · 한봉숙
펴낸곳 · 푸른사상사
주간 · 맹문재 | 편집 · 지순이 | 교정 · 김소영

등록   제2-2876호
주소   서울시 중구 충무로 29(초동) 아시아미디어타워 502호
대표전화   02) 2268-8706~7 | 팩시밀리 02) 2268-8708
이메일   prun21c@hanmail.net
홈페이지   www.prun21c.com

ⓒ 김춘남, 2013

ISBN 978-89-5640-338-0 04810
ISBN 978-89-5640-859-0 04810 (세트)

값 9,700원

한국문화예술위원회
Arts Council Korea

부산광역시
BUSAN METROPOLITAN CITY

부산문화재단
BUSAN CULTURAL FOUNDATION

이 책은 2013년 부산문화재단 지역문화예술육성지원사업의 일부지원으로 시행됩니다.

푸른사상
동시선

8

앗, 앗, 앗

김춘남 동시집

몽당연필 우주선 타고

몽당연필로 만든
우주선 타고
동시 나라에 도착하는데,
10년 넘게 걸렸다.

먼 거리였지만,
신나고
즐거운 날들이었다.

우주선 속에서
'동시란 뭘까?'
생각해 보았다.

동시는
'물음표와 느낌표'이면서,
'정리 정돈'이다.

'몽당연필이 천재를 이긴다' 는 말이 있다.
천재가 아닌 덕분에, 나는
몽당연필 우주선 타고
동심을 느끼면서
꾸러기 친구들과 만났다.
흐뭇하고 참 잘한 일이다.

온 가족이
내 동시집을 함께 읽으며
재미와 즐거움으로
맞장구치고,
발장단까지 한다면,
나에게는
두고두고
고마운 일이다.

동시집 읽으면서
"야~ 나도 동시를 쓸 수 있겠다!"라는
생각이 든다면 더 좋은 일이다.

'동시'란 말 속에는 '함께'라는 말이 들어 있다.
고마운 분들을 마음에 아로새긴다.

2013년 고마운 6월에, 김춘남

| 차 례 |

제 1 부

제 2부

| 차 례 |

제3부

제4부

어깨동무한 우리가 있다

제1부

몽당연필

발사!

꿈의
로켓
무궁화호

은하계
꽃피우는
몽당연필
하나

가재는 게 편
— 속담 공부 1

알쏭달쏭한 속담
'가재는 게 편'
.........?

뒷산 개울에서
할아버지가 잡아 오신
가재 한 마리

동생과 내가
사알살 건드리니
자꾸만
뒷걸음질 친다.

게는 옆걸음
가재는 뒷걸음

아하, 그래서
'가재는 게 편'이 되었구나.

하룻강아지 범 무서운 줄 모른다
— 속담 공부 2

정말 속담처럼 맞더나?
그래, 맞더라.

하룻강아지하고
새끼 호랑이가
서로 잘 놀더라.

* '하릅'은 1년을 나타내는 순 우리말이었는데 '하룻'으로 변하였음.

'아' 다르고 '어' 다르다지만
─ 속담 공부 3

아, 아버지!
어, 어머니!

나는
'아'와 '어' 덕분에
태어났다.

달

온 밤을

손전등 하나로

구석구석

살펴보시네.

멍 멍 멍

제주도에 가면
듣는
멍, 멍, 멍

놀멍
쉬멍
걸으멍

올레길 돌담
숭숭 뚫린
구멍 사이

바람도
노래도
멍 멍 멍

슬그머니

시장 다녀온 엄마가
한숨 쉬며 꺼내는 말
채소 값을
슬그머니 올렸더라.

나도 맞장구친다.
학교 앞 분식집
떡볶이 값도
슬그머니 올랐어요.

올릴 때는
슬그머니
눈치 보며
올려놓고는

슬그머니
슬금슬금
뒷걸음질하는
슬그머니

발자국

달력 속으로
세월 발자국이

오고
가고

시계 속에서
시간 발자국이

오고
가고

모래벌판에는
파도 발자국이

오고
가고

친환경

나무와 나무
베어낸 자리에
아파트
하나, 둘,
셋, 넷, 다섯……

아파트와 아파트
사이사이에
꽃나무
하나, 둘,
셋, 넷, 다섯.

봄의 눈높이 노래

높다란 미루나무
우듬지 위
나부끼는 꼬리연의 높은음자리,
까치들이 노래하고

널따란 들판
밭 둔덕 아래
노란 민들레의 낮은음자리,
개미들이 노래하네.

계단의 꿈

가파른 곳이나 힘든 곳에

언제나 어깨동무한 우리가 있다.

사람들의 발걸음 소리며

심장의 고동 소리 듣는 게 참 좋다.

하지만 아픈 환자나

무거운 짐을 든 사람이 오면

내 잘못처럼

수그러지던 고개⋯⋯

그래도 우리는 꼬불꼬불 산길이나

바위가 앞을 가로막던 산골짜기에서도

손을 내밀고, 등을 떠받쳐 주었다.

금정산 북문 가는 돌계단

한라산 백록담 가파른 길

설악산 흔들바위 바윗길에서도

있어 주었다.

돌이거나

쇠거나

통나무이거나

그 무엇으로 만들어진

계단이 되어도

변함없는 얼굴로

사람들 곁에 있고 싶다.

풍선

아, 저기!
하늘 속
초록 꿈
하나

아차,
한순간에
놓쳐버린
친구야

꿈은
꼬옥
쥐어야 해

놓치면
두둥실

멀
어
지
는

앗, 앗, 앗

여기저기서
눈 뜨는
씨앗들

앗, 앗, 앗

세상을 보고
놀라는
초록 눈동자들

바람 불면 신나게 피는 꽃

제2부

키 크는 약

현태 형은
중학생인데도
나하고 키가
비슷하다.
5학년인 나도
우리 반에서 작은 편인데……

냉장고 옆에 붙은
줄자에 적힌 표준 키에는, 아직
10cm 이상이나 모자란다.

아빠는
"클 때 되면 다 크니까
 너무 걱정 안 해도 된다."

엄마는
"엄마 아빠가 작은데,
 왜 걱정이 안 되느냐."
걱정하신다.

요즘

키 크는 약을
날마다 챙겨 먹고 있다.

키도 유전이라면
정말 고민이다.

한자 놀이 1
 ― 窓(창 창)

고깔모자 쓴 사람이

지그시 눈감고

마음속으로

무슨

생각을 하고 있는 모습

닮았다.

한자 놀이 2
― 言(말씀 언)

입으로 말하기 전에,
탑을 쌓듯이

생각의 돌
하나
둘
쌓아 올린 뒤

그래, 이거다!
하는
말씀

한자 놀이 3
― 間(사이 간)

날마다
여닫는
문

문 사이
틈

그 틈으로
드나드는
하루

눈사람

우리나라 인구가
갑자기 늘었다.

채송화

아파트 출입구
작은 꽃밭.

왁자지껄
떠들다가,

드나드는 사람들 보면
반갑게 인사한다.
"어서 오세요!"
"안녕히 가세요!"

가을 숲

가을 숲은
나무들의 백일장

단풍나무, 은행나무,
굴참나무, 팽나무,
떡갈나무, 곰솔,
상수리나무

낙엽 원고지에
바람 지우개로
풀어내는
운문과 산문

제목은
'겨울'

귤

늘
밝은 표정.

성격일까,
노력일까.

가끔, 벌레들이
속상하게 할 때도
있을 텐데

어디 한군데
찡그린 모습
볼 수 없다.

껍질을 벗겨 내고
알맹이 살펴봐도

여전히
환한 표정.

바람개비꽃

바람 불면
환하게 피는
꽃

바람 불면
신나게 피는
꽃

물과
햇볕 없어도,
바람만 있으면

바람 불면
다른 꽃들
고개 숙일 때,
활짝 피는
꽃

단소와 나

1.

입안 가득
바람 머금고
힘껏 불어도

푸우—, 푸우—
피이—, 피이—

나를 비웃듯,
콧바람 소리만 냈다.

나는
빨리 친해지고 싶은데,
친구하고 싶은데……

너무 속상해서
서랍 속에 집어 넣었다.

2.

어느 날 문득
단소가 궁금했다.

단소를 꺼내,
'후' 불었더니
'피식' 웃었다.

아파트

아빠 책장은
책 동네 아파트

1층은 우리말 큰 사전, 문장백과 대사전 가족이
2층에는 국어학자와 철학자들이
조용히 살고 있고요.
3층엔 톨스토이, 헤세, 괴테 선생님…
4층은 우리나라 소설가들이 살고 있어요.
5층과 6층은 시인들 동네.
7층은 음악가, 화가—바흐, 모차르트, 피카소, 샤갈…
8층은 호랑이 담배 먹던 옛날이야기 주인공들이
살고 있네요.—홍길동과 심청이와 춘향이

그런데요, 아빠

무지개 동산 너머 동화 마을이랑
연필 로켓 타고 가던 동시 마을은
어디로 이사 갔나요?

49

물구나무

사람들은 가끔
물구나무를 서야
안주머니와 뒷주머니에
있던 것들 꺼내 놓는데

나무들은 늘
물구나무를 하지 않고도
자기가 가진 열매들
모두 다 내어 준다.

가을 들꽃 탐사

10월 둘째 주, 토요일
아빠만
들꽃 탐사 모임에 가셨다.

나는
학원 숙제와
수학 경시대회 때문에
엄마와 함께
집에 남았다.

연습장에
문제를 풀면서도,
올봄에
밭둑과 산에서
처음 만났던
들꽃 친구들이
자꾸만 떠올랐다.

(마삭줄, 지칭개, 뽀리뱅이, 구슬붕이,
 할미질빵, 노루삼, 쥐오줌풀, 괭이밥…)

함박눈이 모자를 선물했네

제3부

스스로

이젠 고학년,
무엇이든
스스로!

예습,
복습도
스스로.

책을 펼치고
의자에 반듯이 앉아
공부를 한다.

'스스로, 스스로…'
다짐하는데

눈꺼풀이
스르르

스스로
스르르

팥빙수

차르르 차르륵
빙수기
얼음 가는 소리에,

시르릉사르릉
쉬엉쉬엉사르릉

깜짝 놀란 매미들이
한꺼번에 울어 댄다

매미 소리에
쌓이는
눈, 눈, 눈

눈밭에서
팥과 과일이
눈싸움한다

여름이 녹는다

새싹

봄소식 듣는
소곳소곳
초록 귀

봄 세상 보는
초롱초롱
초록 눈

봄 향기 맡는
벌름벌름
초록 콧구멍

달팽이 1

갑니다
나의 길을

꾸준히
천천히

가다
지치면
잠시 멈추어

'힘내자'
다짐하며
더듬이 들어 보이는

승리의
브이(V)

갈 길 멀어도
멀리 보며
갑니다.

달팽이 2

풀밭에서

빗줄기로

바이올린을

연주한다

안전벨트

전동차를 탄 오누이.

초등생 누나가
제 무릎 위에 앉힌
유치원 동생을
두 팔로
꼬옥
껴안으면서
말한다.

"안전벨트 했다."

우주 소녀

지구에 온
우주 소녀
주영이.

평지길
무중력 땅
사뿐사뿐 걷는다.

가풀막 산길도
한 땀 한 땀
사부작사부작 걷는다.

우주 소녀 주영이
불편한 몸으로
날마다
이 길 저 길
저 혼자 다닌다.

아빠와 함께하는 요리

오늘은 학교에서
아빠와 함께
요리하는 날

색동 고깔모자에
앞치마 두른 아빠는
일류 요리사

일주일 전에 보여드린
초대장 보고도
연습 한 번 안 하고,
요리책만 펼쳐 보던 아빠

"민구야,
 맛있는 샌드위치 만들어 줄게."

"이크, 이걸 어쩌지!
 식빵을 우유에 너무 많이 적셨네."

안절부절 우리 아빠
이마엔 땀이 송골송골

프라이팬 위 샌드위치,
아빠 솜씨로
'샌떡위치' 되었네!

편지

엄마 아빠는
날마다 쓰는 일기도
"이게, 무슨 일기냐!" 면서

맞춤법이 틀리고,
글씨도 엉망진창
앞뒤 내용조차 안 맞는다고
자주 꾸중하였다.

내일은 어버이날!

연습장을 찢어
편지를 쓴다.

날마다
"엄마, 아빠" 부르다가
'어머니께'
'아버지께'
로 시작한다.

'어머니! 저 민구에요.'

'아버지! 저 민구에요.'
라고 쓴 다음,
한참 생각한다.

양털 모자 쓴 홍시

감나무 가지에
남겨둔
홍시 몇 개.

오늘 아침
함박눈이
모자를 선물했네.

양털 모자 쓴 홍시
추위에 얼굴 빨갛지만
따뜻하게 웃고 있네.

미키마우스

생쥐 한 마리가
추위에 얼어 죽어 있다.

징그럽지만 불쌍했다.
문득 떠오른
미키마우스.

컴퓨터 앞에 앉았다.
죽은 생쥐, 마우스가
내 곁에 있다.

따뜻한 손바닥으로
품어 주었더니
되살아났다.

미~, 가 ~

사람들 오가는
에스컬레이터 앞.

뒤틀린 몸으로,
한 아저씨가
소리를 지르고 있다.

미~,
가~,

목에 건 나무판에 적힌
〈밀감 1망태 2,000원〉

엘리베이터

우리 아파트는
사십 층이다.
엘리베이터는 다섯 대.
네 대는 〈승객 전용〉
한 대는 〈화물 · 이삿짐 전용〉

학원 마치고 엘리베이터 기다릴 때
〈화물 · 이삿짐 전용〉 칸에서
어떤 아줌마가 내린다.
그걸 본 한 형이 잽싸게 탄다.
나도 타려고 하는데 문이 닫혔다.

옆에서 나를 지켜본
아저씨가 물었다.
"너도 저거 타려고 했지?"
내가 고개를 끄덕끄덕 했다.

"못 타서 다행이다.
 탔다면 너는 '짐'이 되었을 거다."

수박씨처럼 와글와글 박혀 있는, 더위 먹은 사람들

제4부

도서관 모기

도서관에 들어온
모기 한 마리

그림책 보는 동생 곁에서
함께 보더니
자꾸만
갸웃갸웃

책 속 글자들이
친구처럼 보이는지
여기저기
기웃기웃

내 진짜 별명

내 짝지 호람이가
칠판에 적은 내 이름 옆에
자기 마음대로
'오수인(오감자)'라고 적었다.

화가 나서 나도
호람이 이름 옆에 (호랑이)라 적었다.

자리에 앉으니
나도 모르게
살짝 눈물이 나온다.

내 진짜 별명은 알지도 못하면서,
까불락거리는
호람이가 얄밉다.

도토리

겨우살이
걱정하는
다람쥐 위해
준비해 둔
겨울 장독

썰물 엄마 밀물 아빠

오래된 물건이면 내다 버리는
썰물 엄마
버려진 것도 주워서 들고 오는
밀물 아빠

가끔
엄마, 아빠 목소리 부딪쳐
거친 파도 소리 들린다.

   - 오래된 건 버려야 새것이 생겨요!
   - 아직도 쓸 만한데 왜 버려요!

콩, 심장 뛰는 소리

1.
콩 심장?

볼 수는 없지만,
뛰는 소리
들어봤다.

콩닥
콩닥
콩닥

2.
뜨거운 냄비
속
콩, 심장

빨리
뛰고,

크게
들린다.

콩콩닥
콩닥콩
콩콩닥
콩닥콩

연

하늘 가슴에 대어 보는
청진기

실핏줄 통해 듣는 숨결
반가운 바람 목소리

– 건강합니다

일기예보

오늘은
잔뜩 찌푸린 날씨지만
비는 내리지 않을 거라 하였다.

아버지는 조금만 날씨가 흐려도
일기예보 관계없이
우산을 꼭 챙겨 나가신다.

흐린 날에도
귀찮아서인지
우산 들고 다니는 사람은 많지 않다.

일기예보를 안 믿는 아빠와
믿는 사람들 중에

오늘 날씨는 누구 편을 들어줄까?

틀린 답

일주일에 한 번
목욕탕 가서
아빠 등을 밀면
때가 꽤 많이 나온다.

"때 많이 나오제?"
"아니요, 조금."

아빠가 어색해 할까봐
말은 그렇게 했지만

틀린 답 지울 때 생기던
지우개 찌꺼기보다
많이 나온다.

담장

언제나
말 한마디 없던
벽을
사람들이 허물었어요.

꽃나무들이 이사 오고,
작은 돌들 옹기종기 빙 둘러앉더니
꽃밭을 만들었어요.

모두들 환해졌어요.

통일사전

아빠가 사다 주신
『통일사전』
미리 배워 보는 북한말이
재미있지만 낯설다.

'모락모락' 이 '몰몰'
'이따금' 은 '가담가담'
'채송화' 가 '따끝'
'단짝친구' 는 '딱친구'
'계란말이' 는 '색쌈'
....

'ㄱ' 의 '가급금' 에서
'ㅎ' 의 '힘재개' 까지
외국말도 아닌데,

아는 말은

몇 개 안 되고
모르는 낱말이 정말 많은
『통일사전』

왕수박

지구는
왕수박

시퍼런 파도에
쩍,
갈라진다.

온난화로
너무 익었나?

수박씨처럼
와글와글
박혀 있는,
더위 먹은
사람들

빗방울 합창

토란잎에
도란도란
토닥이는
빗방울

수국꽃에
소곤소곤
속삭이는
빗줄기

도란도란
소곤소곤

온종일 참새처럼
종알종알

동시 속 그림

* 그림을 그려준 학생들이 다니고 있는 초등학교는 부산 및 양산에 있습니다.

전진향(송운초 5학년)

손수민(삽량초 1학년)

배지윤(반송초 5학년)

유재은(달북초 2학년)

오예진(송운초 3학년)

김영은(학사초 4학년)

이지성(운송초 6학년)

조준영(반송초 5학년)

배은채(운봉초 3학년)

김건우(송운초 3학년)

이은주(송운초 3학년)

문지현(송운초 3학년)

이호영(송운초 3학년)

안혜령(송운초 5학년)

이서범(운봉초 6학년)

목은비(양산 삽량초 1학년)

손현의(송운초 5학년)

김태영(송운초 6학년)

배은우(운봉초 3학년)

김동은(운송초 6학년)

유시영(달북초 6학년)